# 天下第一

## 中國功夫故事

商務印書館

## 天下第一 —— 中國功夫故事

作　　者：商務印書館編輯部

責任編輯：馮孟琦

插　　畫：張菲婭

出　　版：商務印書館 (香港) 有限公司

香港筲箕灣耀興道 3 號東匯廣場 8 樓

http://www.commercialpress.com.hk

發　　行：香港聯合書刊物流有限公司

香港新界大埔汀麗路 36 號中華商務印刷大廈 3 字樓

印　　刷：美雅印刷製本有限公司

九龍觀塘榮業街 6 號海濱工業大廈 4 樓 A

版　　次：2017 年 1 月第 1 版第 1 次印刷

©2017 商務印書館 (香港) 有限公司

ISBN 978 962 07 0425 3

Printed in Hong Kong

# 目錄

# 「天下第一」── 少林寺

少林寺可能是中國最有名的寺院。無論你懂不懂功夫，都會聽過它的名字。1982 年，中國大陸與香港合拍了《少林寺》這部電影。電影集結了眾多武術高手，歷時三年，首次將真正的少林寺搬上銀幕。影片公映後引起了極大的迴響，在當時中國的電影票價還是一角錢一張的時代裏，居然創下了上億的票房神話。一夜之間，主角李連杰成為了家喻戶曉的人物，還在全國掀起了一股學習少林功夫的熱潮。

少林寺和少林功夫為甚麼對人們的

吸引力這麼大呢？原來，少林寺位於中國的河南省嵩山，建成於一千五百多年前的北魏時期。少林寺這個普通的佛教寺院跟功夫結合在一起，是從跋陀開始的。

相傳跋陀是佛祖釋迦牟尼叔父的後人。他來到中國後，得到當時皇帝的熱烈歡迎。皇帝很喜歡研究佛理，為了安置這位印度和尚，他特意下旨建造少林寺，讓跋陀成為少林寺的第一位主持。

在少林寺，跋陀收了很多弟子，把自己學得的佛理教給他們。這些弟子當中本來就有不少人懂功夫，而跋陀本人也精通中國功夫，還傳授給弟子。所以，當時寺中和尚在學佛法的同時也勤練武術，成為了少林寺的特色。

不過，我們今天說的少林功夫，創始人不是跋陀，而是幾十年後來到少林寺的另一個印度和尚 —— 達摩。相傳達摩大師從印度來到中國後，到過很多有名的寺院。後來他喜歡上少林寺山色秀麗的環境，就決定留下來。

達摩沒有住在寺院裏面。他在少林寺後面的山上找了一個很小的山洞，自己一個人住下來。

達摩每天對着洞內的牆壁思考佛法中的道理，打坐入定，動也不動。九年後，他回到少林寺生活。據說，他離開之後，洞內牆上留下了一個他靜坐時的影子。

達摩回到少林寺，就開始把自己悟領的佛法和打坐入定的方法教給其他和

尚。不過，他很快就發現，寺中大部分和尚的體力都很差，才靜坐一會兒，就覺得非常疲倦。打坐時間一長，和尚們都叫苦連天。

達摩想來想去，決定利用自己的知識，創造一套功夫去幫助這些和尚。這套功夫能夠提高精神，使身體的力量更加強大。和尚們一邊練這套功夫，一邊打坐，果然取得很好的效果。從那時候開始，打坐和練武，成為了少林和尚每天一定要做的功課。

達摩創造的這套功夫，就是最初的「少林拳」。他還用鏈、棍、劍等器械創出不少防盜護身的動作。後來的少林和尚，在達摩祖師創造的基礎上，發展出更多更強大的武術，所以大家都說少林

的功夫出自達摩。少林武術也成為中國武術中內容最龐大的門派，有七百多種套路，而且這些武術都很有特色，不但跟佛理結合起來，而且大部分是從日常勞動的動作裏面想出來的。

到了後來，幾乎每一個少林和尚都習武。在唐朝初年，少林寺有十三個和尚，幫助當時還是秦王的李世民（後來成為唐朝的第二位皇帝）打敗一個勢力很大的軍閥，加強了朝廷的統治（這也是電影《少林寺》的主要劇情）。朝廷不但封賞少林寺，還大力支持少林功夫，准許少林寺設置僧兵，更稱讚少林武術是「天下第一」。

少林寺在武術方面越來越有名，不但有拳法、掌法、劍法、棍法等等，還

有內功、輕功等練氣健體的心法。少林武功，也被許多武俠小說家寫入書中。尤其是著名作家金庸、梁羽生，很多年輕人最初就是通過他們的作品認識到少林、武當這兩大門派。在他們心目中，《易筋經》、少林拳、大力金剛掌都十分厲害，學會少林功夫甚至是許多少年的夢想。受到功夫電影、武俠小說的影響，越來越多人慕名而來學習少林功夫。他們當中很大一部分人不是和尚，沒有皈依佛教，所以被稱為少林俗家弟子。他們離開少林寺後，把少林功夫傳遍了整個中國，乃至全世界。

家喻戶曉：家家戶戶都知道。形容非常有名。

軍閥：舊時擁有軍隊、霸佔一個地區、自成派系的軍人或軍人集團。

皈依：這是一個佛教名詞，指信仰佛教的人的入教儀式，也有依靠的意思。

少林功夫對中國武術有着極其重要的影響。

# 武術大師 —— 張三丰

　　在中國，只要你聽說過功夫，或者看過武俠小說，就一定知道少林、武當這兩大門派。少林派的內功、掌法、棍棒等武藝名滿天下，而武當派的太極拳、劍法也廣為人知。

　　少林寺是佛教的代表，傳說少林武功是由印度來到中國的達摩祖師創立。那麼，你知道是誰創立了代表道教的武當派嗎？他就是張三丰。

　　張三丰生於七百多年前。關於他的記載有很多，但有確實證據的卻很少。比如有的人說他是遼寧人，也有人說他

是福建人，一直到現在，還是沒有人能說清楚。

根據史料記載，張三丰平日不修邊幅，不講衛生，所以當時有人叫他做「邋遢道人」。他長得高大健壯，耳朵巨大，雙眼又大又圓，鬍鬚頭髮像鋼絲一樣。不論寒暑，他總是穿着一件百衲衣在街頭到處亂逛。就算在雪地上，他也能穿着這一件衣服睡覺而不被凍壞。民間流傳的張三丰傳說，說他可以一天行走一千里路，一口氣登上高山而絲毫不覺辛苦，甚至還有人說他能夠死而復生。在老百姓心中，他彷彿是一個神仙般的人物。連明朝的幾個皇帝，也曾三番四次派人去尋找張三丰，希望能見他一面。可是，張三丰總是神龍見首不見尾，按

着自己的心意遊歷天下，並不把皇帝的召喚放在心上。

武當山是張三丰修煉的地方。這座名山，當年曾被戰火毀壞，一片荒蕪。那時，張三丰上山看了一圈後，就斷定這座山日後必定會非常興旺。他帶着徒弟在山上建起道觀，並在這裏修行。據説張三丰在武當山上修行的地方，長了五棵大樹。他修行的時候，從沒有猛獸襲擊他。無論天氣怎樣變化，張三丰身上的衣服都很少，冬天還睡在雪地上面。每次吃飯，他都吃得很多。他可以好幾天才吃一頓飯，也可以好幾個月不吃飯。

張三丰喜歡過自由的生活，一邊修行，一邊到處遊玩，累了就隨便找個地

方休息。人們都不明白他，認為他是一個奇怪的人。

在武當山上，他不斷地研習道教的知識，編寫了不少影響很大的道教書籍。

除了道教修行外，張三丰還一直練習武術，大概這也是他身體健壯的原因之一吧！他的武術成就很高，當時很多武林人物都曾跟他學武。據說，為了方便練武，他後來住在一個山洞裏。他早上練習動的功夫，晚上練習靜的功夫。他很想把動與靜的功夫結合起來，只是試了很多次都不成功。

一天早上，他在洞前準備練習的時候，看到一隻鳥與一條蛇在打架。每一次，當鳥兒攻擊蛇的時候，蛇就很輕很柔地躲開。牠們相持了很久，最後鳥兒

的力量用完了，只好飛走，蛇也離開了。

張三丰看到這個場景，突然明白了一個道理：柔可以克剛，靜可以制動。他根據蛇的動作，結合道教的思想、軍人的戰鬥方法，開創了一套全新的武術理論：柔能勝剛，靜能勝動。名滿天下的太極拳，就是從這裏發展出來的。

張三丰死後，徒弟們在他的武術基礎上，不斷創新，使這些功夫傳遍中國各地。獨特的武當派功夫是由張三丰創立，但真正的發展，是由張三丰的第三代傳人張松溪開始。張松溪不但得到了張三丰的真傳，還在遊歷時學會了峨嵋派武功的精華。他糅合兩者的特色而創立了武當的內家拳，讓武當派從此名揚天下，中國從此有了「北宗少林，南崇

武當」的説法。

　　傳説曾有少林武僧七十人聽説了張松溪的大名，很不服氣，於是特意上門挑戰他。當時，一名武僧躍到半空，施展連環腿法，對張松溪發起攻擊，而張松溪只是安靜地坐着，在武僧攻勢將至的一刹那，微微側身抬手還擊，僧人便飛了出去，重重摔在地上。從此武當派的拳法，江湖上無人不服。

　　由此也可以看出武當派的武術強調的是內功的修煉。因為武當功夫源於中國的道教，使得武當功夫的招式非常美妙，充滿想像力。武當功夫不會主動進攻別人，卻也不可輕易被人侵犯。當要進攻時，就以靜制動，以柔克剛。

　　在張松溪之後，武當派湧現出一大

批武術高手。發展到今天，武當和少林一樣跨越了地域的限制，武當武術傳遍世界各地，弟子眾多。世界各國喜愛武術的年輕人，都會不遠千里到武當山拜師學藝呢！

不修邊幅：形容人隨隨便便，不注重衣着或容貌的整潔。

百衲衣：泛指補丁很多的衣服。

相持：雙方對立，互不相讓，互不妥協。

不遠千里：形容不怕路途遙遠。

# 洪拳祖師 —— 洪熙官

　　自古以來，廣東就是中國南方的武術之鄉。直到今天，人們仍能在城市中找到拳館、武館。而流傳於南方尤其是廣東的，就有「洪、劉、蔡、李、莫」五大拳術。洪拳，是這五大拳術之首。

　　洪拳勁道十足，進攻性很強，在真實的對戰中十分實用，因此被奉為南拳代表，流傳很廣。今天在香港、澳門和海外，還有很多華人學習洪拳，在眾多的功夫電影中，我們所見的打鬥場面，也有很多招式出自洪拳。

　　相傳，洪拳的創始人名叫洪熙官。

你可能從電影電視上早就聽過這個名字，甄子丹、李連杰等人都演過洪熙官，令這個武藝高強的高手為大眾熟知。實際上，洪熙官在當時的武林也頗有名氣。

在清朝初年，很多老百姓還是排斥清朝政府的統治，他們認為不應由外來的民族統治漢族的天下。當時民間有很多「反清復明」的力量，洪熙官的師父蔡九儀，就是一位「反清復明」的志士。蔡九儀本來是明朝軍隊的一個軍官，清朝建立後，他就去嵩山少林寺學藝，苦練八年後帶着一身少林功夫回到廣東教拳，暗中發展「反清復明」的力量。自幼習武的洪熙官成為了他的徒弟。與他一同拜師的還有另一個有名的少年高手方世玉。他們認真勤奮地學武，武藝不斷

提高，後來更有好幾人成為「少林十虎」中的成員。

在這些弟子中，洪熙官最得師傅疼愛，蔡九儀還傳給他少林內功心法。所以洪熙官不但學會了少林功夫的精華，內功也日漸深厚。為了對抗清廷、提高徒弟武功，後來蔡九儀又帶領血氣方剛的少年洪熙官等人拜泉州南少林寺方丈為師，繼續苦修南少林武功。悟性極高的洪熙官將南北少林的武功融會貫通，逐漸成為一代高手，名列「少林十虎」中的第一名，方世玉則排名第二。

有一年，朝廷得到了密報，派出很多士兵圍剿泉州少林寺，要剷除這些不接受朝廷統治的武林人士。在寡不敵眾的情況下，南少林寺被攻破，寺廟也被

毀了。洪熙官、方世玉等人憑藉高強的武功，殺出重圍，小心地避過清兵的追捕，偷偷回到廣東。這時，他們的師傅蔡九儀已經去世了。

傳說，洪熙官曾隱匿在廣州的大佛寺和海幢寺、福州的西禪寺等寺廟，一邊繼續習武，一邊傳授少林武功，繼續完成師父的遺命。為了發展更多的「反清復明」力量，他和方世玉等人曾嘗試聯合廣州西關一帶的紡織工人。只可惜產生了誤會，他們沒能與這些紡織工人結盟，反而跟對方打了起來。這一打，就驚動了官府，朝廷派出不少武術高手來追捕。「少林十虎」在這一場戰鬥中元氣大傷，不少人被打死了。洪熙官不得不再次逃走，最後來到方世玉的家

鄉——肇慶。

在肇慶的慶雲寺，洪熙官繼續收徒弟教武功，希望培養出新一批對抗清廷的力量。後來，洪熙官再次被叛徒出賣，在清廷高手追捕下，奮力逃走，最後在廣東中山安頓下來。這時候，清朝政府的統治已經漸漸穩固，民間的微小力量已經不能搖動這棵大樹了。為了生活，洪熙官在中山教拳，同時專心研習武術。後來，他融合南北少林的武術，自創出南派的洪拳，並教授給徒弟們。據說，他活到九十多歲，死後葬在中山。

到了今天，洪拳已經成為一個有很多分支的拳術系統。洪熙官在洪拳的創立和傳播中，起着舉足輕重的作用。

洪熙官大半生都與清廷鬥爭，屢敗

屢戰。或許你會問：他都已經失敗好幾次了，為甚麼還要堅持反抗清廷呢？也許，正是這種信念與堅持不懈的精神，使他成功創下今日傳揚海內外的洪拳，成為一代宗師。


血氣方剛：形容年輕人精力正旺盛。

融會貫通：把各方面的知識和道理融化匯合，得到全面透徹的理解。

圍剿：包圍起來用武力消滅。

元氣大傷：比喻人或國家、社會團體的生命力受到了致命的打擊。

舉足輕重：指人處於重要地位，一舉一動都足以影響整個局面。

# 少年英雄 —— 方世玉

　　中國有一句老話：「英雄出少年」。這句話告訴人們，不要看輕年輕人，很多英雄都是在少年時代取得成功。

　　在中國的功夫世界中，方世玉就是一個少年英雄。

　　相傳三百多年前，方世玉在廣東出生。他的父親方德，是一個絲綢商人。方德與方世玉的母親苗翠花一樣，都是少林俗家弟子，平時在家經常練武。方世玉小時候不喜歡讀書，只喜歡打架。跟人打架時，他不會還手，只是讓人打。不過，別人打了幾下，手就會很痛。為

甚麼呢？原來方世玉出生不久，母親就開始用藥水來幫他洗澡，還經常用鐵條包着他，來鍛煉他的身體。到了十多歲的時候，方世玉已經長得很結實。他的兩個哥哥同別人打架時難免會受傷，而人們怎麼打方世玉，他都不會覺得痛。在父母的薰陶和培養下，方世玉三歲開始學功夫。到了十一歲，他已經懂得各種拳術，還經常用功夫幫助人。看到壞人欺負老百姓，他一定把那些壞人痛打一頓。

父親見他這樣惹是生非，擔心他總有一天會惹出大麻煩，就同意他跟着師傅到南少林寺學功夫。他希望少林寺的和尚師傅們能教好他，也希望他能在武學上有更大的進步。不過，父親想不到

的是，方世玉來到少林寺不久，就跟一羣喜歡打架的少年成為好朋友。除了練功夫，他們每天都一起到處打架。別看方世玉年紀小，長得不高，可他打架的能力卻很強。每次打架，他都衝到前面。他有一個不怕打的身體，其他人都受過傷，就他一個人沒事。過了幾年，他們的名聲就傳遍天下，人人都知道少林寺有一羣功夫很好，專門打壞人的少年。其中功夫最高的，被稱為「少林十虎」。方世玉年紀最小，只有十多歲，卻排在第二位。第一名，則是比他大得多的洪熙官。方德知道了方世玉在少林寺的事情，大為頭痛，便催促他回家。他希望兒子能多學做生意，而不是整天想着怎樣打架。後來，方世玉在經歷了南少林

寺被清廷攻破的戰鬥後，回到了父親身邊。

有一次，方德讓方世玉跟他一起到杭州談生意。事情辦完後，方世玉一個人到處遊玩。在街上，他看到一羣人圍在一起，很是熱鬧。他上前一看，原來有人擺了一個「擂台」，接受別人的挑戰。過去，武林人士搭起擂台就表明他想要跟別人切磋一下功夫，自認為有能力應戰的高手都會去一試身手。

眼下，這個擺擂台的人叫雷老虎，來自北方。他的功夫很好，經常欺負人，還寫了一幅對聯：「拳打廣東一省，腳踢蘇杭二州」。方世玉平時最不喜歡這種人，決定要教訓他，就跳上「擂台」。雷老虎看到方世玉只是一個十六歲的少

年，根本就不放他在眼內。可是，當兩個人打起來後，方世玉只是用了三拳就把雷老虎打死了。人們看到方世玉贏了，都為他鼓掌。但這畢竟是一條人命，方世玉知道自己闖了禍，就趕緊回到旅館，跟父親回家。後來，雷老虎的家人找了很多幫手，到南方找方世玉報仇，方世玉和「少林十虎」的朋友們一同應戰。因為雷老虎的幫手中，不但有朝廷的軍隊，還有武當派的高手，「少林十虎」縱然武藝高強，終究敵不過這羣武林高手，最後「十虎」中的好幾個人，包括方世玉自己，都死在這場慘烈的戰鬥中。

　　方世玉雖然被打死了，然而在南方，方世玉三拳打死雷老虎的故事一直

在民間流傳着，人們都為英年早逝的方世玉扼腕歎息。到了最近幾十年，香港的電影公司曾多次把他的故事拍成電影和電視劇，都大受觀眾歡迎。不同年代的觀眾都喜愛這個頑劣卻充滿正義感的少年高手，他逐漸成為人們心中的少年英雄。

薰陶：指人的思想行為因長期接觸某些事物而受到好的影響。

切磋：指互相探討研究，互相勉勵。

英年早逝：指在壯年時期就不幸去世。

扼腕歎息：握着手腕發出歎息的聲音。形容十分激動地發出長歎的情態。現在常用來表達惋惜的情緒。

為人打抱不平，英雄出少年。

# 功夫女英雄 —— 嚴詠春

　　如果你有留意關於中國功夫的電影，你一定聽過一種拳術 —— 詠春拳。這套拳術與太極拳一樣非常有名，它正是以創始人嚴詠春的名字來命名的。在中國，懂武功的女人並不多，能自創拳法的就更少，嚴詠春就是這其中的一個。

　　大約在三百多年前，嚴詠春在廣東出生。相傳，她的母親很早就死了，她一直跟父親嚴二一起生活。嚴詠春從小就身手敏捷，非常好動，像男孩子一樣。嚴二曾學過少林武術，看到女兒很有武術天份，就教她練武。

有一年，嚴二因為被人陷害，犯了法，就帶着嚴詠春逃到四川和雲南邊界的一個小鎮生活。為了生計，他們在那裏開了一家豆腐店。由於嚴二做的豆腐很好吃，所以生意不錯，父女兩人的生活慢慢地好了起來。

　　嚴詠春長得很漂亮，當地有不少年輕人都借着買豆腐的機會來看她。當地的一個惡霸也看上了她，用各種方法逼嚴詠春跟他結婚，還說如果她不答應，就不能住在那裏。嚴詠春痛恨這個惡霸逼婚的行為，況且她早已經與父親朋友的兒子有婚約，不可能答應他的要求。可是，這個惡霸的武功很好，嚴詠春和父親都打不過他。他們天天為了怎樣擺脫惡霸而頭痛，不知道該怎樣解決這件

麻煩事。

正在這時，一位法號為五枚的師太出現了，她正是為了幫父女倆解決問題而來的。原來，五枚師太經常到嚴二的店裏買豆腐，她同情父女倆的遭遇，也對惡霸的逼婚行為非常不滿，於是決定幫助他們。五枚師太要求嚴二為她爭取一年時間，使她能夠把嚴詠春帶到山裏，學習拳術，然後回來對付這個惡霸。

一年後，嚴詠春的功夫學會了整套拳術，回到家中。那個惡霸知道嚴詠春回來了，又來糾纏。這次，嚴詠春提出一個條件：她的丈夫必須能夠打贏她。富豪一聽非常高興，馬上答應下來。他心裏想：我學過武功，力氣又大，打敗她還不是揮手之間的事嗎？不過，他高

興得太早了。嚴詠春只用了幾拳，就把他打倒在地上，爬不起來。最後，惡霸只好服輸離開，以後不敢再來騷擾她。

嚴詠春打敗惡霸後，又回到山裏，繼續跟五枚師太學習拳術。後來，五枚師太離開了小鎮，嚴詠春就自己一個人繼續練武，還試着創造一套新的拳術。

幾年後，嚴詠春結婚了。她的丈夫也學過武功，一直認為自己的本領比她強。可是，新婚那天晚上，嚴詠春給了丈夫一個考驗：她把兩隻腳合起來，看看丈夫能不能把它們分開。結果無論丈夫怎樣做，都不能把她的腳分開。最後他沒辦法了，只好認輸，承認夫人的功夫比他好。隨後，嚴詠春成為了丈夫的武術老師，把自己創造的新拳術教給

他。後來，丈夫把這套新拳術稱為詠春拳，兩人還創辦了一間專門教授詠春拳的武館。

嚴詠春深知詠春拳是一種殺傷力很強的拳法，所以只希望人們把它用來防身，並不願意讓它廣為傳播。她和丈夫開設武館，也只傳授了很少弟子。到了今天，詠春拳能成為海內外普及最廣泛、最多人練習的拳術之一，還得益於另一個武術宗師——葉問。

詠春拳術大約傳到第四代時，十三歲的葉問橫空出世，成為學習詠春拳的弟子當中最年輕的一個。別看葉問年紀雖小，他卻有非常優秀的身體條件和過人的天賦，再加上肯吃苦、勤練習，十六歲時就名聲大噪了，這時已有學校邀

請他擔任武術指導。再後來，他又意外地得到武術前輩的指點，拳技更上一層樓。二十四歲時，葉問已經被公認是詠春拳第一人。

起初，葉問並不想把詠春拳法授予他人。可是，隨着第二次世界大戰爆發，中國被日本佔領，葉問的生活陷入了困境，無奈之下遷居香港。這時候，葉問空有一身武藝，卻連一份像樣的工作也找不到，生活十分拮据。在朋友的勸説下，葉問終於同意招收徒弟，教授詠春拳。從此，詠春拳迅速地普及起來，並且真正成為了大眾都能掌握的拳術。

葉問的弟子眾多，包括後來成為功夫巨星的李小龍。而李小龍又將詠春拳傳播到了海外，將它發揚光大，成為了

中國又一種影響深遠的拳技。

法號：佛教用語，指皈依佛教後特地取的名字。

橫空出世：指人突然出現或突然做出令人矚目的成
就。

名聲大噪：由於名氣大而引起人們的極大關注。

拮据：比喻經濟情況很不好，十分貧窮。

「巾幗不讓鬚眉」，女子練武也能比男子更強。

# 字詞測試站 1

自從佛教在兩千多年前傳入中國，便對中國的語言和文化都產生了巨大的影響。在中文裏有很多詞語，其實都源自佛教用語。比如：

一剎那 —— 「剎那」在佛教書籍中，表示非常短的時間。現在我們還在用「一剎那」、「剎那間」等詞語形容很短的時間。

海闊天空 —— 最早出現在唐代僧人元覽的詩中：「大海從魚躍，長空任鳥飛。」後來變為「海闊憑魚躍，天空任鳥飛。」表達了禪宗自由自在的廣闊胸襟。

五體投地 —— 兩手、兩膝和頭一起着地，這是佛教一種最恭敬的行禮儀式。現在用來比喻佩服到了極點。

下面這些解釋對應我們常聽到的詞語，都源自佛教。你能猜出來嗎？

1. □□□□

佛教指三生為前生、今生、來生。三生都很幸運，形容運氣和機遇都非常好。

2. □□□□

起因和結果。佛教所說有因必有果，有果必有因的關係。泛指事情的整個過程。

3. □□□□

自己做的事情為起因，引起的後果自己承擔。

4. □□□□

原指佛教徒修行時拋棄各種慾望，保持心地潔淨。現在常指絲毫不受壞習慣、壞風氣的影響。也用來形容非常清潔、乾淨。

5. □□□□

泛指信仰佛教的男男女女。

# 太極宗師 —— 楊露禪

　　太極拳是世界上最多人認識的中國功夫。據說，世界上學習太極拳的人有接近兩億之多。太極拳在中國有着悠久的歷史，是一套依據《易經》和中醫理論創造的拳術。我們常見到老年人在公園打太極拳，於是在很多人心中，太極拳大概就是一套健身操。但實際上，它首先是一種拳術，並且還是一種很厲害的拳術。

　　那麼，太極拳到底是誰創造的呢？直到現在都沒有人能夠説清楚。許多人説是武當派的張三丰創造的，也有人説

是從一個叫做陳家溝的地方傳出來的。

實際上，真正將太極拳傳遍整個中國的人，是二百多年前出生的楊露禪。

楊露禪在一個很普通的家庭長大，從小就喜歡練功夫。為了生活，年輕的楊露禪在一間藥店工作。藥店老闆見他做事很可靠，就派他到自己的家鄉陳家溝工作。

楊露禪來到陳家溝後，住在老闆的家裏。當時，著名的太極拳武術家陳長興正在那裏教孩子打太極拳，他負責在旁邊幫忙。

從前，人們都鄙視偷學功夫的人，這些人一旦被發現，便會受到很重的責罰。楊露禪是來幫工的，並沒有拜師，不能學拳。可是，他太喜歡練功夫了。

他猶豫了很久，最後還是決定把那些太極拳的動作記下來，然後在沒人的時候偷偷地練習。楊露禪偷學太極拳的事很快就被陳長興發現了。不過，當陳長興看到楊露禪打出來的拳後，認為他很有練武的天份，不但沒有責罰他，還收他做徒弟。就這樣，楊露禪留在陳家溝正式學習太極拳。

楊露禪學成太極拳的時候，已經四十歲左右了。為了生活，他回到家鄉，教人功夫。後來，朋友介紹他到北京當軍隊的武術教練。

在北京，認識太極拳的人很少。楊露禪長得不高，像讀書人一樣，看上去功夫很平常。有一次，一個富商的家中舉辦了武林人士的聚會。在聚會上，富

商問楊露禪：「你擅長甚麼功夫呢？」楊露禪回答說他的拳術除了鋼鐵之外，只要血肉之軀都可以打穿。富商不相信，就請他跟在座的武師交手試試。好幾個武師都氣勢洶洶，挾着剛猛的拳風向楊露禪撲去，結果全被他一招打敗。富商見他有真本事，連忙向他賠罪。這事傳出去之後，國內不少武林人士紛紛來到北京挑戰他，不過沒有人能夠成功。

此後，楊露禪越來越有名了，挑戰他的武林人士也越來越多。可是，始終沒有人能夠打敗他，楊露禪在北京可說是「打遍武林無敵手」。幾年後，楊露禪的武藝得到了天下武林人士的承認，人們給了他一個非常了不起的外號——「楊無敵」。

自此，楊露禪一直在北京生活，還辦了一家武館。跟他學功夫的人很多，大部分是皇家子弟和朝廷官員。這些人雖然身份尊貴，但身體很弱，經常生病，更別說要熬得住練武時的辛苦了。

　　楊露禪為了照顧他們的身體狀況，決定把太極拳改得簡單一些。

　　簡化版的太極拳，表面看來彷彿不需要用力，速度很慢，但實際上如果認真去練，仍然對人的體力有很大消耗，同時會使人的身體得到很好的鍛煉。因為不同年紀的人都能夠練習這套拳術，而且強身健體的效果明顯，於是京城裏人人爭着學習。不久，這種潮流就從北京城傳播出去。楊露禪也成為中國歷史上有記載的，第一個將太極武術傳播並

發揚光大的人。

　　楊露禪之後，中國又出現了幾位太極大師。他們在楊露禪的基礎上，進一步修改和推廣太極拳。終於，太極拳成為了一種適合所有人學習的拳術，很快就傳遍全世界。

氣勢洶洶：形容氣勢兇猛。

　　胸懷天下的武術家，致力於將太極拳發揚光大，幫助民眾強身健體。

# 「天下第一手」—— 孫祿堂

中國人有句老話，叫做「文無第一，武無第二」。這句話的意思是説，讀書人互相切磋學問，各有各的道理，很難分出高低，而學武之人要比試武功誰更高強，則一定會有勝負之分。所以學武功的人經常互相比賽，看看誰的水平更高，同時也可以向高手學習。

在清朝末年，有一個人一直在比武中取得勝利。人們認為他是當時的天下第一。這個人就是孫祿堂。

孫祿堂在 1860 年出生。父親很早就死了，他一直跟母親一起過着貧窮的

生活。孫祿堂天資聰穎，而且非常喜歡學武，練習特別勤奮。他很小就隨一位拳師練習少林拳術，到十二歲的時候，他一邊在毛筆店當學徒，一邊跟隨河北省一個很有名的拳師李文魁學習形意拳。兩年後，孫祿堂的形意拳已經打得很好，李文魁認為自己已經沒甚麼可以教給他了，就送他到自己的老師處繼續深造。孫祿堂勤學苦練了八年，終於完全學會了形意拳。

這時候，孫祿堂的功夫已經非常出眾了。可是，他還希望學習其他武功，使自己更強大。1882年，孫祿堂來到北京，跟隨程廷華師傅（程廷華的老師就是八卦掌的創始人董海川）學習著名的八卦掌。學武非常有天份的他發現形意

拳和八卦掌的運用方法很相似，因此只花了兩年時間，就完全掌握了八卦掌的精髓。程廷華盛讚孫祿堂天資聰慧且能潛心學習，所以把自己平生所學全部都傳授給他。

二十多歲的時候，孫祿堂接受程廷華的建議，到中國各地向不同的武術高手學習。他不怕辛苦，獨自一人遊遍了全國十一個省份，上過少林寺、武當山。只要聽到有人懂得一些特別的功夫，無論他在甚麼地方，都會想盡各種辦法，趕去跟那些人見面，互相比試，向他們學習。

在這段時間，孫祿堂不斷學習各種拳術，武藝更上一層樓。他接受過無數次挑戰，對手有時甚至是一羣人。不過，

得到勝利的始終是他。

幾年後，孫祿堂回到家鄉，辦了一家拳社，開館授徒。同時，他希望把自己學到的各種武功結合起來，創造出新的流派。這個願望在數十年後終於實現了。孫祿堂創造了多種厲害的武功，其中最有名的是「孫式太極拳」。另外，他還創造性地把形意拳、八卦掌、太極拳三合為一，創立「孫氏形意拳」。

在後來的十多年間，不斷有人來挑戰孫祿堂，但從沒有人能打敗他。他還參加過朝廷舉辦的「天下英雄會」，擊敗了來自全國各地的高手而奪冠。從此以後，人們便叫他做「天下第一手」。

孫祿堂成為「天下第一」後，國內就很少人去挑戰他了。那時候的中國已經

不再是一個強大的帝國，積弱已久的清政府經常被外國人欺負，常常要對外國人忍氣吞聲。孫祿堂有着一顆愛國而充滿民族自尊的心，為了讓更多外國人認識中國的武功，不輕視中國人，他決定參加「世界大力士格鬥大賽」。那一年，孫祿堂已經五十多歲了。雖然每一個對手都比他年輕得多，而且體格強健，他還是以百戰百勝的驚人戰績奪得冠軍，震驚了世界。

當世界各地的報紙刊登出孫祿堂榮獲總冠軍的消息後，很多外國人便宣稱要挑戰他。不過，這些來自俄國、日本等國家的挑戰者，全以失敗告終。據說孫祿堂在五十多歲時，舉手之間就擊敗了前來挑戰他的俄國著名格鬥家彼得洛

夫；六十多歲時，還能在五個日本高手的聯合挑戰中取得勝利。曾經敗給他的日本天皇欽命大武士、全日本柔術冠軍阪垣一雄，想花兩萬塊大洋請他到日本教拳，孫祿堂斷然拒絕了，只留在國內廣收門徒，以助人強身健體為己任，並且寫下許多武術理論著作，流傳後世。

孫祿堂一生醉心武學，以傳授拳術、令國民身體強健為自己的事業，以將中國武術發揚光大為理想。雖然他已被稱為「天下第一」，卻並不自滿，仍能保持不斷鑽研學習的心態。他的成就，他的品德，都值得我們尊敬。

深造：指不斷學習和前進，以達到更高的水準。

精髓：比喻事物的精華。

積弱已久：形成衰弱的狀況已經很久了。常用於形容

國家、羣體的總體狀況。

忍氣吞聲：忍氣：受了氣不發作；吞聲：不敢出聲。

指受了氣勉強忍耐，有話不敢說出來。

# 不戰而勝 —— 霍元甲

　　上世紀八十年代，香港有一套電視劇非常流行，人人都愛追着看，後來還成為第一套獲准在中國大陸播放的香港電視連續劇，這就是《大俠霍元甲》。

　　你可能不知道霍元甲是誰，但看過《大俠霍元甲》的年長一輩會告訴你：霍元甲是一百多年前中國一位著名的武術家。他的一生很短暫，但很精彩。

　　霍元甲在清朝末年出生於河北省。他的父親霍恩第是一名鏢師，霍家的成名絕學就是「迷蹤拳」，霍恩第是第六代傳人。霍恩第有三個兒子，霍元甲排

第二。小時候，他的身體很羸弱，經常被人欺負。父親認為他不適合練功夫，怕他身體熬不住，也怕他練功不成會壞了霍家的名聲，所以只叫他努力讀書。不過，小小的霍元甲實際上卻很想學功夫，而且他也很有學武的天份。當父親和哥哥練拳時，他就偷偷地躲在旁邊看，把每一個動作記在心裏。記好了動作，他便跑到家後面的小樹林反覆練習。就這樣，霍元甲一練就練了十二年。

世界上沒有不透風的牆。霍恩第發現了霍元甲偷練武功的事，嚴厲地把他訓了一頓，並且不允許他繼續練下去。可是固執而且醉心武術的霍元甲堅持要繼續學武，只答應了父親不與別人交手，不會壞霍家的名聲。

到了他二十四歲的時候，有一個武師來到霍元甲的家裏，想與霍家人切磋武藝。霍元甲的弟弟從小練武，而且武藝高強，自然就由他代表霍家與這人比試。可是，他很快就敗給對方。正當霍恩第準備親自上場時，旁邊的霍元甲早已忍不住，對父親說：「讓我來吧！」父親來不及回答，霍元甲就和那個人打起來。他的「迷蹤拳」動作很快，力量很大，還有很多變化。沒多久，霍元甲找準機會，上前一把抱起對方，把他扔出一丈之外，贏得了勝利。

　　這次比試的結果，令霍恩第又驚又喜，從此對霍元甲刮目相看。他這才知道，這個他原以為最不適合學武的兒子，不知不覺間竟然已經有了真正掌握

「迷蹤拳」的實力。此後，霍恩第親自教導霍元甲「迷蹤拳」。霍元甲認真練習，進步得很快。幾年後，他成為了家中功夫最好的人。

霍元甲的力氣很大。有一年臨近新年，霍元甲挑着三、四百斤的東西，走幾十里路到天津城裏售賣，打算多賺些錢過年。他挑着那麼重的貨物，看起來就像沒用力一樣。進了天津城，他剛放下東西，就有一個小混混來收「保護費」。霍元甲當然不願意給，那小混混就對他動起手來，可是沒過兩招就被霍元甲打跑了。過了一會，這個小混混帶着一大幫人來對付霍元甲。霍元甲不慌不忙，把挑着擔子的扁擔抽出來，左右開弓，三兩下功夫就把他們一個個打得

倒在地上爬不起來了。從此，霍元甲的名聲就在天津傳開了，他也在天津定居下來。

後來，霍元甲越來越有名。很多人來挑戰他，但都給他打敗了。霍元甲的修養很好，當時不少武林高手，比如孫祿堂，都是他的好朋友。很多被他打敗的人，後來都成為他的朋友。

在中國，有一句話叫「不戰而屈人之兵」。意思是不論是打仗，還是與別人較量，不用動手戰鬥就能取得勝利，這才是最高明的贏法。這一點，霍元甲做到了。

那時候，中國空有廣闊的國土，國家實力卻很弱，經常受到外國列強的欺侮。有一次，一個俄國人在報紙上登廣

告，説自己是「世界第一大力士」，沒有中國人能打敗他。霍元甲看了很生氣，要跟他比試。俄國人聽説霍元甲的事跡之後害怕起來，到了比賽那天，竟然偷偷逃走了。第二次，一個英國大力士奧皮音到上海登台表演，大言不慚地説要挑戰中國人，言語中還輕蔑地説中國人是「東亞病夫」。他知道霍元甲名氣很大，就主動挑戰他。然而，當霍元甲接受挑戰來到上海，並與他約定以摔跤形式定勝負後，這位英國大力士卻臨陣退縮，沒有出現在比武場上。

為了使中國人不再被叫做「東亞病夫」，他與朋友徒弟們成立了「精武體育會」，公開教授功夫。霍家的「迷蹤拳」不再是獨門秘技，霍元甲希望自家這套

拳法能讓學習的人身體變得強壯起來。其實早在天津時，霍元甲就結識了一些革命志士，他們都贊同霍元甲希望國人能練武強身的想法，紛紛支持。其中，國父孫中山先生對霍元甲毫無私心，公開教授「迷蹤拳」的行為大加讚賞，更為「精武體育會」寫下「尚武精神」的題字。「精武體育會」成立後，來學拳的人很多，有學生、工人等等。可惜，精武會成立三個月，霍元甲帶領徒弟接受日本武士的挑戰之後，就突然病死了。許多人都說他是被日本人毒死的，可是真相到底是甚麼，到今天還沒定論。那一年，霍元甲才四十二歲。

直到今天，人們仍然記住霍元甲。幾十年來，一部部關於他的電影和電視

作品不斷地上演。霍元甲和大弟子陳真（電視劇虛構的人物），都成為了人們心目中不向列強屈服的民族英雄。

羸弱：瘦弱，軟弱無力。

刮目相看：指別人已有進步，不能再用老眼光去看他。

小混混：不務正業、遊手好閒，喜歡惹事生非的青少年。

大言不慚：說大話卻不感到難為情。

# 愛國武術家 ——「大刀」王五

一百多年前，清朝政府的統治已經到了很腐敗的地步。在內，不斷有百姓起來反抗；在外，中國也常受到其他國家的欺壓。當時，有很多武林人士為了救助國家和老百姓，付出了寶貴的生命。其中，有一個人以慣用大刀而出名，他叫「大刀」王五。

王五原來的名字叫王正誼。他的父親很早就去世了，他一直與母親相依為命。為了生活，他小小年紀就要到處打工。後來，他在一個燒餅舖當學徒。燒餅舖旁有一家鏢局，裏面有一位擅用雙

刀的著名武師 —— 李鳳崗。王正誼在完成學徒的工作之餘，還偷偷跑到鏢局去看鏢師們練武，學到招式後便自行練習。這件事被李鳳崗發現了，便收他為徒。可是，李鳳崗是回族人，當時的規矩是回族人不能把自己最好的武藝傳授給漢人弟子的。王正誼知道之後，毅然拋棄漢族的身份，加入回族。李鳳崗被他這種堅定學武的精神所感動，便將自己的刀法、練武心得毫無保留地傳授給王正誼。

王正誼在李鳳崗徒弟中排第五，大家就叫他王五。王五刻苦練習，又有悟性，很快就盡得李鳳崗真傳。幾年以後，王五就學有所成了。他的雙手很有力，喜歡用一把重一百多斤的青龍偃月大

刀，武藝非凡。跟別人對陣時，沒有幾個對手能接得住他的刀。這把大刀別人連拿也拿不動，更別說把它舞動得虎虎生風了。於是，人們都叫他做「大刀」王五。

1877 年，王五已經三十三歲了，他從家鄉來到北京。他用早年打工和參與押鏢時存下來的錢，開了一家鏢局，專門替人保護長途運輸的貨物。

他的鏢局活動範圍很大，北到山海關，南到江蘇，都有他們的足跡。鏢局生意十分好，在同行中也很有名。到了後來，盜匪賊人只要知道貨物由王五的鏢局保護，就會自覺地離開，不再打它們的主意。

王五在北京生活，很關心國家大

事。他看到中國被外國列強欺負，就很想做些事來幫助國家。曾經有一位不畏強權的好官被朝廷罷免，並發配到偏遠的地方，王五就主動護送他到目的地，而且完全不收報酬。

　　後來，王五認識了一個愛國的官員——譚嗣同。譚嗣同認為：要救中國，令國家和人民都變強，必須進行改革變法。王五很支持他的想法，更認為能與譚嗣同一起為改革變法出力非常值得驕傲。他們倆經常討論改革的事情，情同兄弟。王五負責譚嗣同的起居飲食，還派武師去譚嗣同的住所值守。因為改革會影響很多貴族官員的利益，所以當時反對改革的人很多。王五擔心譚嗣同遇到危險，就開始傳授他武藝，自

己同時也結交有志之士，宣揚國家改革的好處，希望積聚更多支持改革的力量。

1895 年，當時沒有實際權力的光緒皇帝頒佈改革法令。但國家大事的決定權掌握在慈禧太后手中，朝中只有少數官員站出來支持皇帝，譚嗣同是其中一個。結果，這次改革在一百天後就失敗了。譚嗣同被抓起來，為了讓推動改革的人害怕，朝廷宣佈幾日後就公開處死他。

王五得到消息後，馬上帶領三十多個武林高手去救譚嗣同。可是，當王五等人趕到時，他已經被提前殺死了。王五只能抱着譚嗣同的屍體，大哭起來。他冒着生命危險，為譚嗣同秘密設靈堂，並將他運回家鄉安葬。

1900 年，中國與八國聯軍開戰，很快就被打敗。八國聯軍來到北京城下，燒殺搶掠，很多老百姓失去了性命，連著名的皇家園林圓明園也被毀成廢墟，無數珍寶被搶走。王五就與他的朋友們一起反抗這些為害百姓的外國軍人。八國聯軍也將王五視為眼中釘，一直想除掉他。

這樣的一個英雄人物，最後有怎樣的結局呢？關於王五的死，有不同的説法。有人説在某一個晚上，王五一個人經過城外，看到八國聯軍的士兵正在殺人。為了救人，他衝上去跟那羣士兵打鬥。在殺了數十人後，王五自己也受了重傷。最後，被士兵們用槍射死了。也有人説，王五因為常常與八國聯軍作

對，聯軍向清政府要求處死他。於是，清兵包圍了王五的鏢局，王五等人寡不敵眾，最後被槍殺。他死後，人頭被掛於城門之上，還是霍元甲從天津趕來幫忙把他的頭顱取下，家人才能安葬他。

不論王五是怎樣犧牲的，他生前的愛國行為都讓很多人感動。很快，他的故事被編成各種小說流傳下來。今天，人們能看到關於「大刀」王五的各種影視作品，也讓更多人認識了這位愛國的武術家。

相依為命：互相依靠着過日子。

毅然：剛強堅韌而果斷的樣子。

虎虎生風：指有虎嘯風起的氣勢。

有志之士：指有理想有抱負的人。

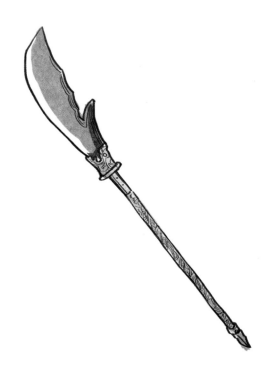

# 電影中的武術家 —— 黃飛鴻

　　一百多年前，在中國的廣州，人們一說起「黃師傅」，都會說一句「好！」

　　黃師傅是甚麼人呢？他名叫黃飛鴻，開了一家醫館「寶芝林」。這也是黃飛鴻開班授徒，教授弟子武藝的地方。黃飛鴻除了功夫、醫術被人們讚賞外，舞獅也是他的絕技之一。舞獅的人要手腳靈活，氣力充足，加上舞獅時需要加入不少武術動作，因此舞獅的人一般都由懂得功夫的人來擔任。而黃飛鴻則非常合適，他還曾經贏得「廣州獅王」的稱號。

那時候，廣州一帶治安很差，很多壞人經常欺負老百姓。黃飛鴻經常「路見不平，拔刀相助」，用功夫幫助這些弱小的平民，把壞人趕走。後來，廣州發生了幾次重大事件，黃飛鴻每次都站在老百姓的最前面，用自己高強的武功保護他們。所以，老百姓很感謝他，尊稱他為「黃師傅」。

上面的故事，就是「黃飛鴻」電影的內容。早在 20 世紀 50 年代，香港出現了黃飛鴻的電影。電影大受歡迎，就一部接一部拍下去，到現在已經拍了一百多部。成龍和李連杰都演過黃飛鴻。他們的演出很成功，使「黃飛鴻」這名字傳遍了世界。

其實，每一部黃飛鴻電影的內容都很相似，都在講述黃飛鴻鋤強扶弱、不畏強權的故事，但人們總是百看不厭。在最早的八十多部「黃飛鴻」電影裏面，都是由關德興和石堅來扮演黃飛鴻和電影中的大壞蛋。關德興總是扮演黃飛鴻，石堅總是扮演壞人，他們前前後後打了將近三十年。漸漸地，觀眾都記不住電影的內容，只記住了這兩個演員。每次兩人一出現，觀眾就知道：黃師傅來了，大壞蛋也來了。

後來，在李連杰和成龍等人扮演的黃飛鴻電影中，黃飛鴻成為了保護國家民族的尊嚴和利益，保護廣大百姓不受傷害而與壞人對抗的英雄。又因為他們本身武藝精湛，電影的武打場面非常精

彩，所以這些電影一直得到大眾的喜愛。

　　但是，在電影之外，究竟真實的黃飛鴻是怎樣的一個人呢？

　　大約二百年前，黃飛鴻出生在佛山，他的父親黃麒英是當時武林的「廣東十虎」之一。黃麒英武功雖然高強，但家境卻非常困難。因此六歲開始跟從父親習武的黃飛鴻，不得不在十二歲起就跟隨父親在佛山、廣州和順德一帶四處賣武，同時還賣跌打藥。

　　黃飛鴻十三歲那年，與父親一起救助了「廣東十虎」之一 —— 鐵橋三的弟子林福成。林福成為表示謝意，用了將近兩年，給黃飛鴻傳授了「鐵線拳」、「飛砣」等絕技。擁有一身好功夫的黃飛鴻，後來移居廣州，開設武館，向工人

們傳授武藝。

　　傳說，年青時的黃飛鴻，曾在一家當舖過夜時遇到賊人打劫。他僅一個人就擊退了數十個匪徒，獲得當地人的尊敬，隨後他更被邀請到城鄉傳授武藝。有一年，香港一個流氓強佔水坑口大笪地小販彭玉的攤檔，並將他打傷。當時身在香港的黃飛鴻路見不平，挺身相助，卻被數十流氓拿着棍棒刀槍圍攻，最後他仍然能夠打敗敵人，全身而退。

　　黃飛鴻還擔任過軍隊的武術教練，不過在他三十歲那一年，因父親黃麒英去世，他便辭去教練職務，在廣州開辦了一間跌打醫館「寶芝林」。黃飛鴻的醫術很不錯，因此生意很好。遇上窮苦百姓付不起藥費診金，他會免費為這些人

治病。後來，自小跟他習武的二兒子被人打死，黃飛鴻決定只行醫，不再教人練武。他早期收的弟子有梁寬、林世榮（豬肉榮）、賣魚燦等人，其中林世榮後來在香港開辦了多家武館，將黃飛鴻的功夫發揚光大。

1924 年，廣州發生暴亂，很多房屋被燒毀，其中包括黃飛鴻的半生心血——「寶芝林」。黃飛鴻因此失去了全部財產，加上大兒子又失業了，一連串的打擊使黃飛鴻一病不起，一年之後便死去了。那時候，家人甚至沒錢替黃飛鴻辦理身後事。幸好一個女弟子出錢相助，才讓他入土為安。

與電影中的黃飛鴻相比，真實的黃飛鴻顯得很平凡，相貌也不像電影主

角那樣英俊瀟灑,一生並不算順利。黃飛鴻生前的名氣,也遠遠不如今天這樣大。不過,沒有人會在意這些事情。每當人們談到「黃飛鴻」,只會想起那一個專門痛打壞人、保衛民族尊嚴的武術家。

大笪地:開放而又簡陋的市場,專賣平價貨品的地方。

全身而退:指保存自己,不受損傷地退出與自己有關的事件。

身後事:指人去世之後要辦理的事情。

　　不倚仗自己的好功夫欺壓別人，而是用一身武

功與醫術幫助別人，才是高手的風範。

# 功夫巨星 —— 李小龍

　　說起中國功夫，很多外國人會馬上想到「李小龍」。這個曾被美國報紙稱做「功夫之王」的中國男人，至今仍受到世界各地數不清的影迷的懷念與崇拜。他不但功夫了得，還曾獲得過香港恰恰舞冠軍，曾在華盛頓大學修讀戲劇系，自編自演功夫電影，創設武館，編寫武術著作，創立新的武術流派 —— 截拳道等。不論成敗，單看這些成就，李小龍就足以值得我們學習與尊敬。

　　1940年，李小龍出生於美國三藩市。他傳奇的一生，就從這裏開始。

李小龍的父親李海泉是香港的粵劇演員，當時在美國從事表演工作。幾年後，李海泉帶着家人回到香港生活。由於父親職業的關係，李小龍很小的時候就拍電影了。在他十八歲之前，一共拍了二十二部電影，卻沒有一部是功夫片。

李小龍小時候身體並不強壯。所以，從他七歲起，李海泉便教他學習太極拳。李小龍本身就好動，學了拳腳功夫後更喜歡與人爭鬥。有一次，他被一個懂功夫的同學打了一頓。從此，他就決定要學好功夫。除了跟父親學習太極拳外，他還在十四歲時拜詠春宗師葉問為師，學習詠春拳。他在家中放置了一個木樁，每天認真練習，非常勤奮。十七歲時，李小龍在聖芳濟書院擊敗校際

西洋拳擊少年組過去三年的冠軍，贏得第一名。這使他對自己的武術水平有了極大的信心，激勵了他在研習武術的路上繼續走下去。

兩年後，因為熱愛武術的李小龍學業成績不好，家人送他到美國讀書。有了少年時期拍電影的經歷，他進入華盛頓大學後主修戲劇，也修讀哲學和心理學等課目。在相對自由的大學校園裏，李小龍除了學習之外，還專心鑽研各派武術，包括西洋拳、棍法等等。他創建了「振藩國術館」（振藩是李小龍的原名），經常在校園裏訓練和表演。在這裏，他還打敗過當時的世界柔道冠軍以及世界空手道冠軍。為了提高自己的武術水平，他到處參加各種比賽，獲取寶

貴的實戰經驗，為日後創立新的武術打下堅固的基礎。

隨着李小龍留在美國的時間越來越多，他逐漸感到美國人對中國人有很多錯誤的認識。在一些場合，人們經常以為李小龍是日本人。他總是說：「不，我是中國人。」李小龍認為，美國人對中國人的印象大多數來自電影。他很想拍一部電影去改變他們對中國人的印象。

二十四歲時，李小龍取得美國空手道比賽第一名，接着在一個比賽上表演功夫，受到熱烈歡迎。之後，他不斷取得勝利，越來越有名。不久，他在洛杉磯開辦了一家「振藩國術館」，還把自己的武術稱做「截拳道」。除了「截拳道」，寸拳、雙截棍都是他的獨門武藝。今天，

歌手周杰倫有一首專門稱讚中國功夫的歌，也以「雙截棍」來命名，可見李小龍的影響有多大呢！

荷里活有一個導演很讚賞李小龍的功夫，找他拍電視劇《青蜂俠》。電視劇播出後，很多美國觀眾記住了「李小龍」這個名字。

30 歲的時候，嘉禾電影公司請李小龍回香港拍電影《唐山大兄》。為了改變人們對功夫的印象，李小龍堅持在電影中使用真功夫。不過，他的動作太快了，快到人們根本看不清楚。為了讓人覺得真實，工作人員只好用慢速來拍這些動作。結果，這套電影很成功，刷新了香港的票房紀錄，李小龍一下子紅了。

之後，李小龍在香港連續拍了《精

武門》、《猛龍過江》等電影，不斷創造香港電影票房的新高峰。一年後，《龍爭虎鬥》在美國的電影院上演，大受觀眾歡迎。不久，世界各地出現了學習中國功夫的熱潮。

李小龍很清楚自己的目標，對自己充滿信心，做事很認真，因此在各方面都取得成功。他曾經說過，學習功夫的目的，是「用它影響我們的整個思想和生活方式」。

三十二歲的時候，李小龍還沒有完成自己的電影理想，就突然死了。不過，他死後影響力不但沒有消退，反而越來越大。直至今天，世界各地仍然有很多人在學習他，模仿他。

1999 年，美國《時代》雜誌把李小

龍選為「二十世紀最具影響力的一百人」之一。因為李小龍，英文詞典裏多了一個叫做「功夫」的詞語。

傳奇：這裏指不尋常的經歷和故事。

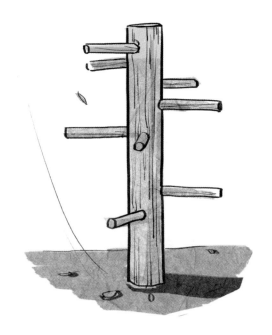

# 講功夫的小說 —— 武俠小說

　　在中國，有一種專門講功夫故事的小說。無論懂不懂功夫的人，都喜歡看。這種小說，中國人叫做「武俠小說」。

　　為甚麼不叫「功夫小說」，而叫做「武俠小說」呢？

　　原來，「武」就是武術、功夫的意思。中國人相信，學功夫除了使自己更加強大，更重要是用功夫去幫助人。用功夫幫助人的人，就是「俠」。俠有大，有小。小的「俠」對付壞人，幫助別人解決問題。大的「俠」為老百姓對付不得人心的壞政府，也會幫助國家渡過民族的

危機。在中國，能被稱為「俠」的人，不論大小，都會得到人們的尊敬。

　　武俠小説，講的就是人們怎樣辛苦地練武，然後怎樣用功夫去幫助別人，對付壞人的故事。

　　中國第一本武俠小説，是七百多年前的《水滸傳》。清朝末年，在中國長大、後來獲得諾貝爾文學獎的美國女作家賽珍珠，就曾經把它翻譯成英文，介紹給美國人。這本小説講的是一輩武藝高強的人因為各種原因聚集在「梁山」，他們反對腐敗朝廷的統治，專門對付奸商和貪官，並試圖起兵推翻朝廷。雖然這些人最後失敗了，但他們的故事一直吸引着無數人。直到今天，人們仍然愛聽「梁山泊」的故事。

《水滸傳》的人物，只有小部分是真的，其他都是假的。後來的武俠小說也一樣，把真和假結合起來。每本小說都提到少林派、武當派，對他們的功夫有很詳細的描寫。不過，除了少數人物和功夫的名字是真的外，其他大部分都是假的。

對讀者來說，真與假並沒關係，寫得好看就可以。所以，武俠小說的功夫都很神奇。「輕功」好的人能夠在草上飛過，很容易就跳上屋頂。有「內功」的人，甚至一拳就可把大樹打得倒下來。功夫寫得越神奇，讀者看得越開心。不過，寫得好的小說，裏面的功夫都有點根據，人們很難分清楚哪些是真的，哪些是假的。

現代的武俠小說在上世紀二三十年代的中國開始流行，但它真正走進中國人社會，是從五十年代開始。那時候的武俠小說，無論手法和內容都有所創新，人們稱為「新武俠」。其中有三個作家成就最高，讀者最多，影響最大。他們是香港的梁羽生、金庸和台灣的古龍。

梁羽生把武俠和中國歷史結合起來，對武林中人打鬥場面的描寫很仔細；金庸的作品就充滿浪漫色彩，把功夫描寫得很神奇。兩個人的作品都跟古代中國的王朝變化和民族衝突結合起來，寫的都是大的俠義故事而不是小的個人之間的江湖恩怨。古龍的作品沒有時代背景，小說人物活在一個特殊的江湖世界，為了利益，互相欺騙。「人在

江湖，身不由己」是古龍小説的永恆主
題。

這三位大師的武俠小説雖然風格不
一樣，但都有一個共同點，就是對武俠
的世界，對中國人的人性、情感有很精
彩的描寫。他們的作品傳遍海內外，被
改編成電影、電視，至今仍然活躍在螢
幕上，比如《射鵰英雄傳》、《七劍下天
山》、《楚留香傳奇》等等。三個人之中，
金庸的影響力最大。幾乎可以説，全世
界有華人居住的地方，就有金庸的武俠
小説。

對中國人來説，武俠小説很好看。
除了裏面的功夫很神奇外，武俠的世界
也很吸引人。這個世界，叫做「江湖」。

「江湖」是一個很特別的地方，它有

自己的規矩，例如不能欺負不懂功夫的人，雙方開戰之前要先講道理等。江湖中人，都要守這些規矩。不守規矩的人，根本不能生存下去。有人會選擇退出江湖，叫做「金盆洗手」，而金盆洗手也有一套規矩。

另外，有江湖，有人，就有「恩怨」。一部武俠小說，就是一段江湖的「恩怨」。要解決「恩怨」，也要按規矩來辦。武俠小說最常出現的一句話，是「人在江湖，身不由己」，意思就是如果你是「江湖中人」，做事就不能隨心所欲，而應該跟從江湖的規矩去處理。

有人說，「江湖」是中國社會的另一面，所以人們喜歡看。其實，對不懂功夫的人和在現實生活中過得不快樂的人

來說，把自己想像成小說中的人物，看着自己一步一步成為天下第一，解決一切「恩怨」，也很有滿足感。

人性：指人的品性，也指人所具有的正常的感情和理智。

# 字詞測試站 2

說起「江湖」，你能想到甚麼呢？有人想到功夫高手生活的圈子，有人想到從前在街頭做生意賺錢的人生活的地方。

簡單的兩個字，能令人想到這麼多，正因為詞語以局部事物或突出的特徵，代表了某一個範圍內全部的人、事物和生活。這就是中文裏有指代性質的詞語。這樣的詞語還有很多，例如：

千里馬：一匹能行走千里的好馬，用於指代各種人才。

紅顏：一個女人的美好容貌，用來指代美麗的女子。

鬚眉：男人面部特有的鬚和眉，用來指代男子。

替下面這些有指代性質的詞語找回原來的樣子吧！（用線把左右兩邊的詞連起來）

1. 九州　　　　　平民百姓
2. 白玉盤　　　　兄弟
3. 金烏　　　　　中國
4. 汗青　　　　　六十歲
5. 桃李　　　　　月亮
6. 布衣　　　　　醫生，醫學界
7. 杏林　　　　　太陽
8. 花甲之年　　　史冊
9. 手足　　　　　學生

# 字詞測試站參考答案

字詞測試站 1

1. 三生有幸
2. 前因後果
3. 自作自受
4. 一塵不染
5. 善男信女


字詞測試站 2

1. 九州 —— 中國
2. 白玉盤 —— 月亮
3. 金烏 —— 太陽
3. 汗青 —— 史冊
4. 桃李 —— 學生
5. 布衣 —— 平民百姓
6. 杏林 —— 醫生，醫學界
7. 花甲之年 —— 六十歲
8. 手足 —— 兄弟